AF591546

# LE CONFIDENT HEUREUX,

## OPERA-COMIQUE EN UN ACTE.

PAR M. VADÉ.

*Représenté, pour la premiere fois, sur le Théâtre de l'Opéra-Comique le 31 Juillet 1755.*

Le prix est de 24 s. avec la Musique.

*A PARIS;*

Chez DUCHESNE, Libraire, rue S. Jacques, au-dessous de la Fontaine S. Benoît, au Temple du Goût.

M. DCC. LV.

*Avec Approbation & Privilége du Roi.*

# *ACTEURS.*

Madame SIMON, Mere de Corinne.

*Mlle Villiers.*

CORINNE, Fille de Madame Simon. *Mlle Baptiſte.*

M. PILLART. *M. Deliſle.*

MIRTIL, Berger, Amant de Corinne.

*M. Deſchamps.*

LISETTE, Amante de Lubin, *Mlle Deſuperville.*

LUBIN, Payſan amoureux de Corinne. *M. Paran.*

UN NOTAIRE.

*La Scene eſt dans un Village.*

# LE CONFIDENT HEUREUX.

## SCENE PREMIERE.

Mde SIMON, CORINNE.

Mde SIMON.

AIR. *Allarmez-vous je ne m'en soucie guère.*

Onsieur Pillart me sçachant riche Veuve,
Depuis longtems m'avoit offert sa main,
Vous le cédant, je vous donne une preuve
De ma bonté. Pourquoi cet air chagrin ?

CORINNE.

AIR. *Non je n'y puis consentir.*

Non je n'y puis consentir,

Ah ! ſi je vous ſuis un peu chére ,
Daignez ne jamais m'unir
Qu'à celui qui paroîtra me plaire ,
Non , je n'y puis conſentir ,
De grace , écoutez-moi ma mere ,
En me forçant d'obéir ,
Vous m'expoſez à vous trahir.

Mde SIMON.

AIR. *Le premier du mois de Janvier.*

C'eſt pour vous un fort grand honneur
Que d'épouſer un Receveur.
Ses moyens ſurpaſſent les vôtres ,

CORINNE.

L'époux qui bruſque notre choix
Servoit , malgré nous quelquefois ,
Accompagné de pluſieurs autres.

Mde SIMON.

AIR. *Du Prevôt des Marchands.*

Votre ſageſſe eſt un garant ,

CORINNE.

Oui , ma ſageſſe en ce moment
Paroît à l'abri du naufrage ;
Mais en gênant nos goûts , hélas !
On fait d'une fille fort ſage
Une femme qui ne l'eſt pas.

Mde SIMON.

AIR. *L'Amour est de tout âge.*

Lubin vous tient sans doute au cœur,

CORINNE.

Point du tout,

Mde SIMON.

A quoi bon ce trouble,
Pour moi Mirtil est mon vainqueur,
En l'avouant mon feu redouble.

CORINNE *émuë.*

Vous aimez le jeune Mirtil,
Après un aussi long veuvage,

Mde SIMON.

Bon ! en amour l'âge y fait-il ?
L'amour est de tout âge.

CORINNE.

AIR. *On fait ce qu'on peut.*

Lorsque votre cœur s'abandonne
A l'amour que vous ressentez
Votre rigueur, Maman, me donne
Des conseils que vous rejettez.

Mde SIMON.

C'est qu'une mere de famille

Peut faire en tout ſes volontés,
Et vous qui m'impatientés,
Apprenez que quand on eſt fille
On fait ce qu'on peut,
Et non ce qu'on veut

AIR. *Sans le ſçavoir.*

Monſieur Pillart m'attend pour cauſe
A l'accepter qu'on ſe diſpoſe
Quant à Lubin nous allons voir,
Oui, je vais défendre à ce drôle
De nourrir ainſi votre eſpoir.

*Elle ſort.*

---

## SCENE II.

CORINNE *ſeule achevant l'air.*

LUbin va donc joüer ce rôle,
Sans le ſçavoir.

AIR. *Menuet de Grandval.*

Hélas ! c'eſt Mirtil que j'adore,
Comment lui déclarer mon feu.
S'il m'aime auſſi mon cœur l'ignore,
Je deſire, & crains ſon aveu.

AIR. *L'Amour m'a fait la peinture.*

Si l'amour étoit un crime,
Paroîtroit-il si charmant,
Ah! qu'un penchant légitime,
Qui prend conseil de l'estime,
A bien l'air du sentiment.

## SCENE III.

### CORINNE, LISETTE.

CORINNE.

AIR. *Nous sommes Précepteurs.*

LIsette vient de ce côté,
Son enjoûment la rend heureuse,
O Dieux, que n'ai-je sa gaïté!

LISETTE.

Hé mais, te voilà bien rêveuse?

CORINNE.

AIR. *C'est un Enfant.*

Rêveuse! oh tu te l'imagine,
A quoi vois-tu cela? tu ri,

LISETTE.

Tiens, ton cœur, ma pauvre Corinne
Eſt occupé d'un Favori,

CORINNE.

Je ſuis jeune encore,
Et même j'ignore,
Le prix d'un tendre engagement ;

LISETTE.

Tu fais l'enfant. *bis.*

CORINNE.

AIR. *L'Equipage.*

Tiens Liſette
L'état de fillette
Sçait trop m'arranger,
Pour vouloir le changer,
Sans myſtére
A tous on peut plaire,
Et chaque moment
Nous découvre un amant.

LISETTE.

AIR. *Ton petit minois ſans défaut.*

Il eſt vrai cet amuſement
Vaut mieux que le mariage,

Mais un Epoux doit cependant
Terminer ce badinage
Parmi tes prétendans
Dans
Ce voisinage ....

CORINNE.

Pillart ce vieux barbon,

LISETTE.

Bon !

CORINNE.

Est mon partage.

AIR. *La queuë du chat.*

On diroit qu'il fait toujours la mouë ;
L'haleine lui manque à chaque instant ;
S'il la reprend il enfle la jouë,
Et ne parle point qu'il ne tousse en parlant.

LISETTE.

A ta place, je l'enverrois paître,
Par ton refus, crois-moi, fais connoître
Que ce traître
Espere être
De ton cœur en vain le maître.

CORINNE.

AIR. *De tous les Capucins.*

Maman croit que Lubin me touche,

LISETTE.

Mais tu peux lui fermer la bouche :
Apprends-lui mes droits sur son cœur,

CORINNE.

Ce qui plus encor me désole,
C'est que pour le vieux Receveur
Mirtil m'adresse la parole.

LISETTE.

AIR. *Entre l'Amour & la Raison.*

Mirtil est donc son confident,

CORINNE.

Hélas !

LISETTE.

Cet hélas est prudent,

CORINNE.

Pourquoi donc ?

Tien, c'est que tu l'aime,

Et lorſque Mirtil paroît,
Ton petit cœur déſireroit
Qu'il parlât plutôt pour lui-même.

CORINNE.

AIR. *Pourvû que Colin voyez-vous.*

Ah quelle erreur !

---

## SCENE IV.

### MIRTIL, CORINNE, LISETTE.

LISETTE.

IL vient à nous,
Ah ! Monſieur l'Interpréte,
Paroiſſez donc .... qu'il a l'air doux,
La friponne rougit voyez-vous,
Quel embarras !

CORINNE.

Finiſſez Liſette,

LISETTE.

Mais, mais, qu'elle eſt diſcréte!

MIRTIL.

AIR. *A la façon de Barbari.*

Votre amant s'en rapporte à moi

Pour le plus tendre hommage,

LISETTE.

D'un Berger ? est-ce là l'emploi?

MIRTIL.

Que j'aime ce message,

LISETTE.

A Paris le rôle est fort bon,
La faridondaine, la faridondon;
Et fait un grand honneur aussi
Beribi,
A la façon de Barbari
Mon ami.

MIRTIL.

AIR. *Au milieu du Cours.*

Qu'importe à quel prix
Je fasse éclater mon zéle,
Pourvû qu'une belle
M'accorde un souris,
Servir la beauté
C'est obliger l'amour même.

CORINNE.

Oh! c'est à l'extrême
Pousser la bonté,

Mais assurément
Rien n'est plus galant
De cet empressement,
La cause est assez bisarre;
Vouloir qu'en ce jour
Pour un vieillard je me déclare;
En une façon rare,
De faire sa cour,
De grace cessez,
Un soin qui me désespére.

MIRTIL.

Vous m'êtes plus chére
Que vous ne pensez.

CORINNE.

Expliquez ces mots.

MIRTIL.

Je craindrois de vous déplaire;

CORINNE.

C'est sçavoir se taire
Fort mal à propos.

AIR. *Quoi vous partez.*

Mais, dites-moi, quel espoir vous anime;
Du Receveur pourquoi servir les feux,

MIRTIL.

Un tendre amour constant & légitime
Me fait parler....

CORINNE.

C'est être généreux.

---

## SCENE V.

### M. PILLART, CORINNE, LISETTE, MIRTIL.

PILLART.

AIR. *Cotillon couleur de rose.*

JE suis ravi de vous voir ensemble,
Rien n'est plus conforme à mon projet.

MIRTIL.

Oui, le même objet
Selon votre gré nous rassemble,
De ce que j'ai fait
Vous pourrez voir un jour l'effet.

PILLART.

Oui graces à tes soins, mais il me semble

Que ſon cœur n'en eſt point ſatisfait.
Corinne eſt-il vrai que l'amour
Vous range enfin ſous ſon empire,
Et que d'un ſincere retour,

CORINNE.

Monſieur, je n'ai rien à vous dire.

PILLART *à Mirtil.*

Ton entretien,
Tu le vois bien,
Sur elle n'a guère eu d'empire.

MIRTIL.

Mais j'ai pourtant
Au même inſtant
Parlé d'un amour conſtant.

LISETTE.

AIR *Des fleurettes.*

Les filles ſont diſcrettes
Quand un tiers les ſurprend,

PILLART.

Oui, mais reſter muettes
Eſt un point différent,
L'exciter par des ſornettes
N'eſt point du tout mon talent,

LISETTE.

Vous comptez mieux de l'argent
Que des fleurettes.

PILLART.

AIR. *Le seul flageolet de Colin.*

N'est-ce pas que cela vaut mieux ?

LISETTE.

C'est un fort grand mérite,

PILLART.

Oui l'or quoiqu'on soit un peu vieux
Méne à la réussite,

CORINNE.

Au but un jeune cœur amoureux,
Arrive bien plus vîte.

MIRTIL.

AIR. *Quand on parle de Lucifer.*

Monsieur n'a pas le front couvert
Des agrémens du bel âge,
Malgré qu'il soit dans son hyver,

PILLART.

Mirtil, laissons ce langage,

Dis-lui

Dis-lui plutôt que je suis encor vert,

CORINNE.

Oui comme un arbre sans feuillage.

PILLART.

AIR. *Et j'y pris bien du plaisir.*

Que parles-tu de feuillage,

LISETTE.

Elle aime beaucoup les bois,

MIRTIL.

Et s'amuse sous l'ombrage
A faire briller sa voix.

PILLART.

De ce qu'une Bergere aime
Je sçais mal l'entretenir,
Entretiens-la pour moi-même,
J'y prendrai bien du plaisir.

AIR. *Sçavez-vous bien, jeune tendron.*

Je me pique beaucoup d'aimer,
Mais comme il sçait ce que je pense,
Il va par moi te l'exprimer.
*à Mirtil.*
Compte sur une récompense.

MIRTIL.

Lui plaire pour vous me suffit,

PILLART.

Surtout mets-y beaucoup d'esprit,

LISETTE.

Quoi de l'esprit,
Bon, bon, l'esprit,
En amour ne sçait ce qu'il dit.

MIRTIL.

AIR. *L'autre jour étant assis.*

L'esprit ne fait qu'éblouir,
Souvent son art est de feindre,
C'est le cœur qui sçait sentir,
Et c'est le cœur qui doit peindre,
Quand je dis tendrement
Que Corinne m'enflamme,
Je parle simplement
Le langage de l'ame.

PILLART.

AIR. *Dormir est un tems perdu.*

Oui, voilà ce que je sens,
Bon ! elle soupire,
Tu trouves donc cet encens

Digne du feu qui m'inſpire.

CORINNE.

On vous reconnoît bien là.

PILLART.

Pourſuis bientôt me voilà
Au bonheur où j'aſpire.

AIR. *Ne vla-t-il pas que j'aime.*

Ecoute-le, ma chére enfant,
Il parle pour moi-même,

CORINNE.

Il me regarde ſeulement,
Ne vla-t-il pas que j'aime?

AIR. *C'eſt ce qui vous enrhume.*

PILLART *touſſant.*

Mirtil, c'eſt aſſez
Vous me raviſſez,

LISETTE.

Ah! Monſieur comme vous touſſez,

PILLART.

C'eſt aſſez ma coûtume.

Ton charmant aveu ....

CORINNE.

Vous prouve mon feu,
C'eſt ce qui vous enrhume.

PILLART.

AIR. *Ah le bel oiſeau.*

Va cela ne ſera rien,
Hé puis ma joye en eſt cauſe,
Ne m'enflamme plus, car tien,
J'en mourrois ....

CORINNE.

La bonne choſe,
Que vous me faites plaiſir
Sur cela je me repoſe,
Que vous me faites plaiſir
D'aimer au point d'en mourir.

PILLART.

AIR. *Des Proverbes.*

Mais, mais tu prends les choſes à la lettre,

MIRTIL.

On ne meurt point pour être trop épris,

CORINNE.

Il l'a promis & je veux lui promettre

De l'aimer beaucoup à ce prix.

PILLART.

AIR. *N'oubliez pas votre houlette.*

Honorez-moi de votre haine
Ma Reine,
Car je veux vivre encor.

CORINNE.

Songez que par ce beau transport
Vous verriez finir votre peine.

PILLART.

Honorez-moi de votre haine
Ma Reine,
Car je veux vivre encor.

LISETTE.

AIR. *Et voilà comme l'homme.*

Soyez soumis,

PILLART.

L'être à ce point
Par ma foi ne vous convient point,

CORINNE.

Vous n'avez point de complaisance,

LISETTE.

On aime peu quand on balance,

PILLART.

Parbleu j'ai tort assurément,

CORINNE & LISETTE.

Et voilà comme
L'homme
N'est jamais content

PILLART.

Air. *Vous me l'avez dit.*

Qu'aujourd'hui ton cœur est fier,

LISETTE.

Il étoit de même hier,
Demain comme en ce moment
Je vous le prédis, souvenez-vous-en,

CORINNE.

Dans six mois, & dans un an,
Vous en recevrez autant.

*Elles sortent.*

## SCENE VI.

PILLART, MIRTIL.

PILLART.

AIR. *Dans le fond d'une Ecurie.*

QUe dis-tu de sa réponse ?

MIRTIL.

Mais je ne la conçois pas ;

PILLART.

Qu'elle garde ses appas,
A pareil prix j'y renonce....

AIR. *Allons donc, jouez, violons.*

Voici fort à propos sa mere....

## SCENE VII.

PILLART, MIRTIL, M^de SIMON.

M^de SIMON.

*Suite de l'Air.*

Vous paroissez bien en colere,

PILLART.

Morbleu, j'ai lieu de l'être aussi,

M^de SIMON.

Expliquez-moi donc ce mystére,

PILLART.

En deux mots cela se peut faire,
Vous aimez Mirtil ?

M^le SIMON.

Hé bien oui,

PILLART.

S'il ne veut pas vous aimer lui,
Et qu'à vos vœux il ne réponde,
Qu'en partant vous pour l'autre monde.

Mde SIMON.

Comment ?

PILLART.

Corinne....

Mde SIMON.

Achevez donc.

PILLART.

M'aime à cette condition.

Mde SIMON.

AIR. *Que chacun de nous se livre.*

Quoi donc ceci vous arrête,

PILLART.

A votre avis n'est-ce rien,

Mde SIMON.

Je vous jure sur ma tête
De former votre lien.
Joignez la sans plus attendre,

PILLART.

A condition pourtant
Que si je suis votre gendre
Ce sera dès mon vivant.

*Il sort.*

## SCENE VIII.

### MIRTIL, M^de SIMON.

M^de SIMON.

AIR. *Mariez, mariez-moi.*

C'eſt ce butor de Lubin
Qui ſans doute nous arrête,
Nous verrons.... Mirtil, enfin
Nous voilà donc tête-à-tête,
Parle-moi,
Conte-moi,
Aime-moi,
Quoi!
Quel air?

MIRTIL.

Le reſpect m'arrête;

M^de SIMON.

Mais avec
Le reſpect
L'amour ſied bien;

MIRTIL.

Je dois vous cacher le mien.

Mde SIMON.

AIR. *La mort de mon cher pere.*

Ce timide langage
Prévient en ta faveur.

MIRTIL.

Madame ....

Mde SIMON.

Hé bien,

MIRTIL *à part.*

J'enrage,

*Haut.* Quel instant pour mon cœur !

Mde SIMON.

Je vois briller ta flamme
Dans ce regard touchant.

MIRTIL.

Oui, j'ai pour vous Madame
Un terrible penchant.

Mde SIMON.

AIR. *Le joli jeu d'amour.*

Je perds tout sentiment,
Et cet aveu charmant

Me coupe en ce moment
La parole,
Oui la paſſion
M'ôte enfin l'expreſſion,
Dieux, quelle union!

MIRTIL.

Elle eſt folle.

M^de^ SIMON.

Mon ſilence, crois-moi,
Part de ma bonne foi,
Le plaiſir d'être à toi

MIRTIL *à part.*

Me déſole.

M^de^ SIMON.

AIR. *Jupin dès le matin.*

Malgré tout mon effort
Mon tendre tranſport
Se trouve le plus fort,
On ne peut
Dire comme on veut
Tout ce que l'on ſent
Dans un ſi doux inſtant.
Je me tais ſans regret,
Car en effet

L'amour le plus parfait
Reſte muet,
En pareil cas l'eſprit
Eſt interdit,
Le cœur qui ſe ſent troubler
Ne peut parler,
Le ſilence ſouvent
Eſt éloquent,
J'aime donc mieux plutôt
Ne dire mot,

MIRTIL *impatiente.*

Son diſcours finira
Quand la parole lui reviendra.

AIR. *Nous ſommes Précepteurs.*

*à part.* Si c'eſt à force de caquet
Qu'on prouve que l'on ſçait ſe taire,
*Haut.* Vous brûlez d'un feu bien diſcret.

Mde SIMON.

Tu devines donc le myſtére.

AIR. *Du Ballet des Pierrots.*

Voilà comme j'aime un amant
Dont le cœur tendre
Sçait d'abord comprendre
Qu'on l'adore ſincérement.

MIRTIL *avec dépit.*

J'attends la fin de mon tourment.

Mde SIMON.

Je ne te ferai plus attendre
Par le mien je juge ton embarras,

MIRTIL *excédé.*

Tant d'amitié ne cessera donc pas,

Mde SIMON.

Ah, ah,
Je t'aime trop pour ça.

MIRTIL *chagrin.*

AIR. *Des Pendus.*

Non cela n'est fait que pour moi,

Mde SIMON.

Sans doute, & mon cœur est à toi,
Le tien, mon cher, est tout de braise,

MIRTIL *tristement.*

Oh oui, je ne me sens pas d'aise,

Mde SIMON.

Quel entretien, qu'il est charmant!

MIRTIL *bâillant.*

Rien pour moi n'est plus amusant.

AIR. *Tu croyois en aimant Colette.*

Si quelqu'un arrivoit ...

M^de^ SIMON.

Qu'importe,

MIRTIL.

Madame, il m'importe beaucoup,
Lubin vient ....

M^de^ SIMON.

Le Diable l'emporte.

MIRTIL.

Je l'échappe bien pour le coup.

---

## SCENE IX.

### LUBIN, MIRTIL, M^de^ SIMON.

LUBIN.

AIR. *Servantes, quittez vos paniers.*

LA fille à Madame Simon
Est morgué bien gentille,

Ses yeux friands, ſon air fripon
Méritent bien un bon Luron,
La fille à Madame Simon
Eſt morgué bien gentille.

AIR. *De Nina.*

Mde SIMON.

Oui, mais, mon cher ami, crois-moi,
Elle n'eſt pas pour toi,

LUBIN.

Quoi!

Mde SIMON.

Je t'ai dit mon intention,
Cherche ailleurs mon garçon,

LUBIN.

Bon!
Cherche-t-on ce qu'on a trouvé?

Mde SIMON.

De moi Pillart eſt approuvé,
Et pour finir
Je vais l'unir,

LUBIN.

Oh! ça n's'ra pas,

Mde SIMON.

Tu verras,
Vas.

AIR.

AIR. *Palsangué M. le Curé.*

Sans adieu, mon cher petit cœur,
Je cours finir cette affaire,
Ensuite hymen te rendra mon vainqueur.

*Elle sort.*

LUBIN *à Mirtil.*

Quoi vous s'rez donc not' biaupere.

## SCENE X.

### LUBIN, MIRTIL.

MIRTIL.

AIR. *Ça n'se prend pas.*

Lubin aimoit Corinne aussi,

LUBIN.

Morgué nenni,
Mais chez nous tantôt sa mere
M'a dit que j'étions bien hardi
De sçavoir si fort lui plaire,
Et que j'grillois pour ses appas,
J'n'y pensois pas. *bis.*

AIR. *Par ma foi l'eau me vient à la bouche.*

Mais jarni puisque ça se rencontre
J'allons bien y penser à présent,

C'eſt qu'pour peu qu'une fille nous montre
Qu'elle a pour nous quelque brin de penchant,
Je n'allons jamais à l'encontre
Du plaiſir que ſon cœur y prend,
J'voyons l'but & j'approchons tout contre,
Et vla but où Carinne m'attend.

MIRTIL.

AIR. *Ton humeur eſt, Catherine.*

Vous abandonnez Liſette,

LUBIN.

Non, mais all' n'veut pas finir,
Corinne qu'eſt plus drôlette
En d'ſous main me fait prév'nir.
Tenez-moi, j'aime un' tendreſſe
Qui vadroit de point en point,
Et puis qui n'a qu'un' maîtreſſe
Comme vous ſçavez n'en a point.

AIR. *Le tout par nature.*

Par ainſi Monſieur Mirtil
Vous qu'avez un doux babil,
Si vous vouliez un tantet
M'faire valoir près d'Corinne.

MIRTIL.

Pourquoi cela?

LUBIN.

C'eſt qu'elle eſt
Pour moi par trop fine.

MIRTIL.

AIR. *Les cœurs se donnent troc pour troc.*

*à part.* Bon ! je pourrai par ce moyen
Achever de peindre ma flamme,

LUBIN.

Fait's-moi s'plaisir.

MIRTIL.

Je le veux bien.

LUBIN.

Ah ! qu'vous avez une belle ame.

MIRTIL.

AIR. *Je ferai mon devoir.*

Vous pouvez toujours commencer;

LUBIN.

Ma foi c'est bien penser,

MIRTIL.

Je m'intéresse à son ardeur;

LUBIN.

Voyez qu'il a bon cœur.

## SCENE XI.

### CORINNE, MIRTIL, LUBIN.

LUBIN.

AIR. *C'est dans la rue d'la Mortèll'rie.*

NE vla-t-il pas qu'alle vient à nous,
Bonjour la Brunette aux yeux doux,
On dit comm'ça que j'sens pour vous
Et qu'vous vous sentez d'même....
Qu'vous m'aimez.... & que j'vous aime.

CORINNE.

AIR. *Recevez donc ce biau Bouquet.*

Qui vous a donc si bien instruit,

LUBIN.

Madame Simon votre mere.
Jarnombille vous avez conduit
Gentiment le nœud de l'affaire,
Ça s'appelle avoir de l'esprit...
Qu'est ben capable... d'être digne,
*à Mirtil.* Aidez-moi donc...

MIRTIL.

C'est fort bien dit;

LUBIN.

Elle rit,
C'est marque d'un bon signe.

AIR. *Que de gentilles Pélerines.*

Vous ſçaurez donc que j'ſuis tout d'braiſe,

CORINNE.

En vérité j'en ſuis fort aiſe,

LUBIN.

Jarnigoi vous n'êtes pas guaiſe,
D'être ſi contente de ça,
Bâillez-moi vot' main que j'la baiſe;

CORINNE *lui donnant un ſoufflet.*

Ah! c'eſt trop juſte, la voilà.

LUBIN.

AIR. *S'y prend-on de cette façon.*

Morgué vous m'caſſez le menton,
S'y prend-on de cette façon,

Moi j'viens tout bonnement aud'vant des avances que vous me faites faire, & parce que ſans barguigner, je vais tout de gaud au fait comme ça s'pratique entre fille & garçon, vous prenez ça à l'arbours.

CORINNE.

Et mon pauvre nigaud pour plaire
S'y prend-on de cette façon.

LUBIN.

Hé bien, mais comment s'y prend-on.

CORINNE.

AIR. *Menuet de Grandval.*

Quand bruſquement l'amour éclate,

Il s'en faut bien qu'on ſoit vainqueur,
C'eſt une flamme délicate,
Qui ſeule a droit d'aller au cœur.

LUBIN.

AIR. *Que j'aime mon cher Arlequin.*

Qui moi délicat? non morgué,
Je ſuis robuſte,
Monſieur Pillart vous f'roit pitié,
Car il n'eſt en cas d'l'amitié
Au prix d'moi qu'un arbuſte.
Moi délicat, non fatigué.

CORINNE.

La réponſe eſt fort juſte.

MIRTIL.

AIR. *Aucun Paſteur.*

Mais il n'eſt pas queſtion de corſage,
Le ſentiment pour plaire eſt plus certain,

LUBIN.

Et oui, mais je n'ſuis pas l'vé d'aſſez matin
Pour être comme vous un malicieux malin,
Aidez-moi d'vot' langage.

MIRTIL.

Soit, ſi Corinne approuve ce deſſein.

CORINNE.

Je ferai de bon cœur la moitié du chemin.

LUBIN.

AIR. *Par bonheur ou par malheur.*

Sarpejeu qu'm'vla content,

Ah qu'vous êtes un bon enfant,
Morguenne qu'il eſt ſerviable.

MIRTIL.

Je ſers mes vœux en cela,

LUBIN.

Vous obligerez un bon diable,
Hé ben contez-li donc ça.

AIR. *Ah qu'elle eſt belle.*

MIRTIL.

Je vous adore,
Et mon amour
Voudroit encore
Croître chaque jour.

LUBIN.

Oui par ma foi, je voudrois avoir encore plus de pouvoir dans la volonté de mon deſir, dites, dites toujours.

MIRTIL.

Mais qui vous aime
Aime ſi bien,
Que l'Amour même
N'ajouteroit rien.

LUBIN.

Comme vous devinez ça, il ſemble pardi qu'ma penſée ſe fourre dans ſa bouche, je fournie l'étoffe & vous la façon, qu'ça n'vous empêche pas d'alle votre train.

MIRTIL.

Je vous adore.

Et mon amour
Voudroit encore
Croître chaque jour.

LUBIN.

AIR. *Vive un bon Luron.*

Après s'biau dicton
F'rez-vous l'inhumaine,
Vos yeux disent que non,
Courage ma ptite Reine;
Bon,
La fariradondaine
O gué,
La fariradondé.

CORINNE.

AIR. *Me promenant dans la plaine.*
*Ou bien voyez le second Air noté.*

A l'Amour tout est possible,
On se rend quand il lui plaît,
Il est doux d'être sensible
Pour un jeune amant qui l'est,
Oui je pense qu'à se rendre
On rencontre mille appas;
Ah! s'il cherchoit à me surprendre,
Non, non, non, je n'y consentirois pas,
Mais s'il étoit sincere & tendre,
Non, non, non, non, je ne m'en défendrois pas.

LUBIN.

AIR. *Hé, Madame, qu'attendez-vous.*

Vla morgué parler comme il faut,

Ça rend mon cœur encor plus chaud,
Vla morgué parler comme il faut,
St'enfant-là ne sçait pas ce qu'all'vaut.

MIRTIL.

Peut-on lorsque l'on est aussi belle
Craindre qu'un amant soit infidéle,
Qui suit une fois
Vos charmantes loix,
Veut employer ses jours
A les suivre toujours.

LUBIN.

Vla morgué parler comme il faut,
Ça rend mon cœur encor plus chaud,
Vla morgué parler comme il faut,
*à Mirtil.* Achevez, & je la t'nons bientôt.

MIRTIL.

Caractére
Fait pour plaire,
Douce, vive
Et naïve,
La figure, l'esprit & le cœur,
Sont ils faits pour trouver un vainqueur.

LUBIN.

Vla morgué parler comme il faut,
*à Corinne.* Ça doit rendr' vot' cœur bien plus chaud
Vla morgué parler comme il faut,
*à part.* S'garçon-là ne sçait pas ce qu'il vaut.

AIR. *Qui voit la belle Alcimadure.*

CORINNE.

Vous écouter c'est vous promettre

Plus que je ne voudrois,
Vous regarder, c'eſt vous promettre
Plus que je ne devrois.

MIRTIL *ſe jettant aux genoux de Corinne.*

AIR. *L'autre jour à la promenade.*

Ah! Corinne, quelle victoire,

LUBIN.

C'eſt ma foi vrai, mais je n'la d'vons qu'à vous.
Ben obligé jarni queu gloire,
Mais c'eſt à moi de m'mettr' à g'noux.

CORINNE *à Mirtil.*

Oui, levez-vous,

LUBIN.

Ben obligé, jarni queu gloire,
Faut convenir que c'eſt bien doux.

---

## SCENE XII.

### M^de SIMON, PILLART, MIRTIL, LUBIN.

AIR. *Le fameux Diogene.*

PILLART.

LA poſture eſt honnête,
Va, que rien ne t'arrête,
Achéve,

LUBIN.

Bon c'eſt fait.

Mde SIMON.

Parlez, Mademoiſelle,

LUBIN.

J'allons parler pour elle,
Car c'eſt moi qui lui plaît.

Mde SIMON.

Air. *La bonne aventure.*

Quoi vous feriez à mes droits
Une telle injure.

PILLART.

Ce qu'en cet inſtant je vois
Eſt d'un triſte augure.

LUBIN.

Croyez-nous, Monſieur Pillart,
Cherchez-en quelqu'autre part,
La bonne aventure

PILLART.

Pendart!

LUBIN.

La bonne aventure.

Mde SIMON.

Air. *Chacun a ſon ton & ſon allure.*

Cela ſe peut-il,
Répondez, Mirtil.

LUBIN.

T'nez ne le faites pas répondre,
Car ça n'ferviroit qu'à vous confondre,
Il m'a fait l'plaifir de m'aider.

Mde SIMON.

Qui lui ?

PILLART.

Qui lui ?

LUBIN.

Hé oui lui, il a mordombille la parole ni pus ni moins qu'un charme.

Corinne n'vouloit pas céder,
Mais Monfieur Mirtil a eu la bonté de ly faire un r'doublement de douceur à l'intention d'mon égard qui a tout de fuite s'coué le dédain de fa fierté.

Mde SIMON.

L'ingrat, je fais ferment de ne l'époufer de ma vie.

PILLART.

Le traître, que j'avois choifi pour mon confident.

LUBIN.

C'eft ben plutôt l'nôtre, ne vous déplaife.

Puis all' s'eft mife à me r'garder,
Oh dame d'un regard, queu regard ! là de ces regards qui fautont aux yeux comme qui diroit des éclairs, oh ça vous auroit fait plaifir à voir. Corinne, regardez-moi donc comme tout-à l'heure pour leux montrer.

Mde SIMON.

Levez la tête, ma mignonne & répondez, & vous M. l'obligeant, vous ne dites mot, voilà un fort joli trio, une désobéissante, un trompeur, un impudent.

LUBIN.

Lurelure lure,
Flon, flon, flon,
Chacun a son ton
Et son allure.

Mde SIMON.

*Gigue du Ballet Chinois.*

*à Lubin.* Sors d'ici,
*à Mirtil.* Et vous aussi,
Oui dès ce jour
J'éteins mon amour;
Qui dans un point nous trahit
Nous trompe en tout.

PILLART.

Sans contredit.

MIRTIL.

Ce courroux,

Mde SIMON.

Taisez-vous,

CORINNE.

Ah pardon!

Mde SIMON.

Eh fi donc!

MIRTIL.

Ecoutez...

Mde SIMON.

Non, sortez,

LUBIN.

Un p'tit mot,

Mde SIMON.

Tais-toi, sot,
Décampez, vous dit-on,

LUBIN.

Non.

*Mirtil sort.*

---

## SCENE XIII,

Mde SIMON, PILLART, CORINNE, LUBIN.

CORINNE.

AIR. *Hélas, Maman, pardonnez je vous prie.*

HElas! Maman, pardonnez je vous prie,
Les soins galans de ce jeune Berger.
S'il a tissu le nouveau nœud qui nous lie,
Il ne l'a fait qu'à dessein de m'obliger,
De vous dépend le bonheur de ma vie,

M^de SIMON.

Non, non,

LUBIN.

Si, si, pour vous faire enrager.

PILLART.

AIR. *Ma raison s'en va beau train.*

Mon cœur, ce maraut n'a rien,

LUBIN.

Oh j'sçavons qu'avec du bien
On a d'biaux habits,
On fait l'biau Marquis
Dans l'fond d'un biau carosse,
Mais un vieux riche qui n'a qu'ça
Fait une pauvre nôce
Lonla,
Fait une pauvre nôce.

M^de SIMON.

AIR. *Allons donc, Mademoiselle.*

Au logis, Mademoiselle
Qu'on se rende promptement,

LUBIN.

Est-c'qu'une mere maternelle
Doit chagriner son enfant?
*Corinne sort.* Allons donc, Mademoiselle,
Restez avec votre amant.

## SCENE XIV.

Mde SIMON, PILLART, LUBIN.

Mde SIMON.

AIR. *Je suis malade d'amour.*

*à M. Pillart.* MOnsieur, prêtez-moi ce bâton;

LUBIN.

Oh doucement, la mere,
Quand je s'rons votre gendre, bon.

## SCENE XV.

*Les précédens.* LISETTE.

LISETTE.

*Suite de l'Air.*

MOn Dieu ; quelle colere !

Mde SIMON.

Ah ! tu viens en cette occasion
Fort à propos, ma chére ;

LISETTE *en colere.*

AIR. *Je suis Philosophe moi.*

Oh tant mieux donc, je vous trouve charmante,
Car dites-moi pourquoi

Sur

Sur lui lever une main menaçante,

LUBIN.

C'eſt bien dit, tatigoi,

LISETTE.

C'eſt m'outrager, ſoyez moins violente,
Je ſuis ſon amante, moi,
Je ſuis ſon amante.

Mde SIMON.

AIR. *Nous ſommes Précepteurs d'amour.*

Grand bien vous faſſe,

LISETTE.

Oui très-grand bien.

Mde SIMON.

Aimez, ſi vous voulez ce drille,
Mais qu'il s'en tienne à ſon lien,
Sans rompre celui de ma fille.

LISETTE.

AIR. *Du haut en bas.*

Il a raiſon,
Car Monſieur ne lui convient guéres,

LUBIN.

Elle a raiſon,

LISETTE.

Dans un ménage il faut, dit-on,
Unir les goûts, les caractéres,

PILLART.

Mais, mais, ſont-ce là tes affaires,

LISETTE.

Il a raiſon.

M^de^ SIMON.

AIR. *Fanfare de S. Clou.*

Tout ira bien,

LISETTE & LUBIN.

Ah! quel conte!

PILLART.

Daignez-vous les écouter?
Sur votre pouvoir je compte.

LISETTE.

Vous ſçavez fort mal compter.

PILLART.

Mal compter, quelle inſolence!
Je calcule nuit & jour.

LUBIN.

L'Arithmetiqu' de Finance
N'eſt pas celle de l'Amour.

AIR. *Du Prevôt des Marchands.*

PILLART

Va, j'en ſuis ſûr.

LISETTE.

Votre calcul
M'a tout l'air de devenir nul.

LUBIN.

Vous avez quatre fois son âge,
Ça fait un vilain numero,
Ça port' malheur dans un ménage
Quand l'Amour se change en zero.

AIR. *Tarare ponpon.*

M^de^ SIMON *à Lisette.*

Avec vos beaux discoùrs vous êtes fort aimable ;

LISETTE.

Je dis ce qu'en tel cas Corinne eût dit pour moi.

LUBIN.

Vot' fille en s'roit capable.

M^de^ SIMON.

Ma fille ....
Oh j'aimerois, ma foi,
Mieux la donner au Diable
Qu'à toi.

LISETTE *étonnée.*

AIR. *Trois enfans gueux.*

Qu'à lui ! comment ! que veut dire cela ?

M^de^ SIMON.

Que vous brûlez d'un amour bien commode ;

LISETTE.

Quoi donc, l'aimeroit-il ?

M^de^ SIMON.

Vous y voilà.

LISETTE *furieuse.*

Deux à la fois !

LUBIN *riant.*

Dam', c'est qu'ça m'accommode.

LISETTE.

AIR. *Quoi toujours ensemble.*

Après cette injure
Parjure,
Tu peux
Te montrer à mes yeux. !

LUBIN.

Mais, mais queu tapage !

LISETTE.

J'enrage,
Je vais
Te haïr pour jamais.

LUBIN.

Dam' c'est que vous balanciez toujours,
Et le balanc'ment fait échoir les amours.

LISETTE.

Mais voyez ce traître,
N'étois-tu pas maître
D'avoir
Du logis tout pouvoir,
Après cette injure
Parjure,
Je vais
Te haïr pour jamais :
Mon cœur est en garde,

Et garde
Pour toi
Le mépris que tu voi.

LUBIN.

AIR. *N'faut pas être grand ſorcier pour ça.*

Puiſque vous m'baillez mon congé
N'y a pas d'mal que j'vous quitte,
Vous n'm'aimez plus, bien obligé,
Je ſommes quitte à quitte.
Mais de s'ptit malheur-là
Corinne me conſolera,
La, la,
Oh, oh, oh, ah, ah,
Pour l'épouſer j'n'attendois qu'ça,
La, la.

Quelle ingratitude !

Mde SIMON.

AIR. *Du haut en bas.*

Il a raiſon,
Car Monſieur ne lui convient guéres,
Il a raiſon.

LISETTE.

AIR. *Ma mie, ah que j'envie.*

Madame,
Ma chére Dame,
Pardonnez mon erreur.

Mde SIMON.

Va, je ne ſuis point femme
A ſervir ſon ardeur.

## SCENE XVI.

### M^de SIMON, PILLART, LISETTE.

PILLART.

AIR. *Allons la voir à S. Cloud.*

CEt impertiment Lubin
De l'hymen m'ôte l'envie,

M^de SIMON.

De punir un tel coquin
Que j'aurois l'ame ravie,

LISETTE.

Cela vous embaraſſe-t-il ?
Tenez, Monſieur, chargez Mirtil
D'être époux de Corinne.

PILLART.

Je le voudrois,

M^de SIMON.

Qu'elle eſt fine !

AIR. *Du Prevôt des Marchands.*

Il m'aimoit....

PILLART.

Vous ? il n'en eſt rien,
Son amour ſous ombre du mien

Séduisoit la petite ingrate,
Oui, je vois clair dans tout ce jeu,

LISETTE.

Il se servoit de votre patte
Pour tirer les marons du feu.

PILLART.

AIR. *Bouchez, Naïades.*

Que faire?

Mde SIMON.

Le dépit m'occupe.

PILLART.

Si nous avons été sa dupe
Lubin l'aura sans doute été.

Mde SIMON.

Mirtil...

PILLART.

Quel courroux est le vôtre!
S'il nous offense d'un côté,
Du moins il nous venge de l'autre.

Mde SIMON.

AIR. *Non, je ne ferai pas.*

Ce tranquille discours augmente ma colere,
Oh! je ferai bien voir qu'enfin je suis sa mere,
De tout auparavant je prétends m'éclaircir,
Elle vient, cachons-nous, écoutons à loisir.

## SCENE XVII.

CORINNE *seule.*

AIR. *Tel qu'un petit oiseau.*

LOin de l'objet aimé
Un cœur est allarmé,
Tout ce qui n'est pas lui
Ne nous peint que l'ennnui,
On cherche, on tremble, on craint,
On rêve, on se plaint,
On desire,
On soupire,
Quel martyre :
Amour, combien tu fais
Payer tes bienfaits.

*Même Air.*

Toujours, mon cher Mirtil,
Ton feu tendre & subtil
Fait glisser sur mes sens
Celui que je ressens,
Oui, lorsque je le voi,
Tout s'anime en moi,
Sa jeunesse,
Sa tendresse,
Ma foiblesse,
Tout est en sa faveur
L'écho de mon cœur.

## SCENE XVIII.

### MIRTIL, CORINNE.

MIRTIL.

AIR. *Pour soumettre mon ame.*

AH, ma chére Corinne !
Quels accens ai-je entendus !

CORINNE.

Oui, mon cœur te destine
Des soupirs qui te sont dûs,

MIRTIL.

Si mon bonheur est extrême,
Hélas ! je te le dois.

CORINNE.

Tien,
Aime-moi comme je t'aime,
Et tu ne me devras rien.

AIR. *Nous jouissons dans nos Hameaux.*

Tu vois par cet aveu touchant
Que ta flamme m'est chére,
Faut-il qu'un si juste penchant
Blesse une tendre mere ;
Tous deux objets de mon amour
Je l'aime & je t'adore,
C'est d'elle que je tiens le jour,
Sois-en toujours l'aurore.

AIR. *L'Amant frivole & volage.*

Instruisons-la du mystére,
Je lui dois tout, & mon cœur
Craint autant de lui déplaire
Que de perdre ton ardeur.

MIRTIL.

Par ces sentimens tu prouve
Combien je dois l'admirer :
Mais si l'on nous désapprouve,

CORINNE.

Il faudra nous séparer.

---

## SCENE XIX.

*Les précédens.* MIRTIL, Mde SIMON, PILLART, LISETTE.

Mde SIMON *s'avançant d'un air pénétré.*

AIR. *Ah! Madame Anroux.*

NOn, mes pauvres enfans,
Non, mes pauvres enfans,
Vous m'avez percé l'ame
Par des traits si puissans.

CORINNE.

Ah! chére maman,
Quel arrêt charmant,
Pour ma tendre flamme!

MIRTIL.

Oh Dieux! quel moment,
Quel arrêt charmant,
Pour ma tendre flamme!

| CORINNE. | MIRTIL. |
|---|---|
| Hélas! cher amant, | Objet trop charmant, |
| Pour ma tendre flamme | Pour ma tendre flamme |
| Quel heureux moment! | Quel heureux moment! |

PILLART.

AIR. *Une nuit ronflant à merveille.*

Mais, mais de ce trait admirable,
Qui diable vous eût cru capable?

M[de] SIMON.

Oh je suis capable entre nous
De faire plus.

PILLART.

Quoi plus?

M[de] SIMON.

Sans doute.

PILLART.

Pourtant cet effort-ci vous coûte,
Plus?

M[de] SIMON.

Oui plus.

PILLART.

Comment ferez-vous?

M[de] SIMON.

C'est de vous prendre pour époux.

PILLART.

Grand'merci de la politesse,
Vous m'avez gagné de vîtesse.

## SCENE XX.

*Les précédens*. LUBIN, *un* NOTAIRE.

LUBIN.

*Air* Noté.

Un bon gaillard joyeux
Vaut bien mieux
Que tous ces p'tits Monſieux,
Qui n'parlent qu'des yeux,
Leurs ſoupirs, leurs langueurs,
Leurs douceurs,
S'uſent, avant d'parvenir au cœur;
Mais preſte
Un vivant leſte,
Paroît, zeſte,
Et ſçait charmer que d'reſte
Un Muguet préparé
Et paré,
N'plaît pas tant qu'un Grivois bien quarré;
Dam' ma maîtreſſe auſſi
M'a choiſi,
All' m'aim' mieux que d'l'argent,
C'eſt bien obligeant,
Car avec de l'or, dit-on, chaque jour,
Bien des gens achetent d'l'amour.

Air. *De tous les Capucins du monde.*

V'la Monſieux l'marieux que j'amene,

LE NOTAIRE.

Eſt-on d'accord?

LUBIN.

Qu'à ça ne tienne,
Corinne & moi j'sommes épris,
J'pouvons bien nous passer d'la mere,
Beaucoup de d'moisell' à Paris
Se passent même de Notaire.

M^de SIMON.

AIR. *L'autre jour avec mon habit de Pierrot.*

Je l'veux bien,

LUBIN.

J'sçavois bien que j'trouv'rois l'moyen;

M^de SIMON.

Je ne m'oppose plus à rien,

PILLART.

Fanchon d'elle seule dépend;

LUBIN.

En vous r'merciant,
Enfin pourtant
Me vla content
Que je danserons,
Que je rirons,
Par lad'ssus queu plaisir j'aurons!

LE NOTAIRE.

AIR. *Non, je ne ferai pas.*

Exprès pour les deux noms j'ai laissé double espace

M^de SIMON, *montrant Corinne.*

Mettez d'abord le sien.

LUBIN.

C'est pour moi l'autre place.

CORINNE.

Oui, mon sensible cœur en présence de tous

Prend Lubin pour témoin, & Mirtil pour époux.

AIR. *Comm' vla qu'est fait.*

LUBIN.

Allons donc, c'est qu'vous voulez rire,

LISETTE.

Non, mon ami, c'est tout de bon.

Moi, dam', moi je ne sçai plus qu'dire,
Monsieur Mirtil, queu trahison!
Lisette. . . .

LISETTE.

Hé bien. . . .

LUBIN.

Pourtant j'espère:

LISETTE.

Oh! rien n'est plus juste en effet,
Qui court deux liévres, n'en prend guère.

LUBIN.

Pour le coup me vla stupéfait,

TOUS.

C'est fort bien fait. *bis.*

LUBIN.

Ça s'appelle apporter des verges pour se fouetter; mais morguenne, j'm'envas r'envoyer les Mnétriers, vous dansrais à vos dépens.

PILLART.

AIR. *Bouchez, Naïades, vos fontaines.*

Son inconstance est bien punie,
Mes enfans, que la sympathie
A jamais soutienne vos feux.

PILLART.

Tien, ma chére Corinne, pour te prouver combien j't'aimois;

Que de mes biens il uſe en maître,

CORINNE.

Rendre ce que l'on aime heureux;

C'eſt du moins mériter de l'être.

FIN.

---

## *APPROBATION.*

J'Ai lû par ordre de Monſeigneur le Chancelier *le Confident heureux*, & je crois que l'on peut en permettre l'impreſſion ce 29. Juillet 1755. CREBILLON.

---

## *PRIVILEGE DU ROY.*

LOUIS, par la grace de Dieu, Roi de France & de Navarre: A nos amés & féaux Conſeillers, les Gens tenans nos Cours de Parlement, Maîtres des Requêtes ordinaires de notre Hôtel, Grand-Conſeil, Prévôt de Paris, Baillifs, Sénéchaux, leurs Lieutenans Civils, & autres nos Juſticiers qu'il appartiendra, Salut: Notre amé NICOLAS BONAVENTURE DUCHESNE, Libraire à Paris, Nous a fait expoſer qu'il déſireroit faire imprimer & réimprimer des Ouvrages qui ont pour titre: *Traité de la Diction par M. Eſtève, Oeuvres de M. Vadé. Supplément des Oeuvres de M. de Boiſſy. Imitation de Jeſus-Chriſt par M. l'Abbé Lenglet. Entretiens ſur les Romans. Médecine Expérimentale.* s'il Nous plaiſoit lui accorder nos Lettres de Privilége pour ce néceſſaires. A CES CAUSES voulant favorablement traiter l'Expoſant, Nous lui avons permis & permettons par ces Préſentes de faire imprimer & réimprimer leſdits Livres & Ouvrages autant de fois que bon lui ſemblera, & de les vendre, faire vendre & débiter par tout notre Royaume pendant le tems de ſix années conſécutives, à compter du jour de la date des Préſentes. Faiſons défenſes à tous Imprimeurs, Libraires & autres perſonnes de quelque qualité & condition qu'elles ſoient, d'en introduire d'impreſſion étrangere dans aucun lieu de notre obéiſſance, comme auſſi d'imprimer ou faire imprimer, réimprimer ou faire réimprimer, vendre, faire vendre, débiter ni contrefaire lesdits Ouvrages, ni d'en faire aucuns extraits sous quelque prétexte que ce puisse être, sans la permission expresse & par écrit dudit Exposant ou de ceux qui auront droit de lui, à peine de confiscation des Exemplaires contrefaits, de trois mille livres d'amende contre chacun des contrevenans, dont un tiers à Nous, un tiers à l'Hôtel-Dieu de Paris, & l'autre tiers audit Exposant, ou à celui qui aura droit de lui, & de tous dépens, dommages & intérêts; à la charge que ces Présentes seront enregistrees tout au long sur le Registre de la Communauté des Imprimeurs & Libraires de Paris, dans trois mois de la datte d'icelles; que l'impression & réimpression desdits Livres & Ouvrages sera faite dans notre Royaume, & non ailleurs, en bon papier & beaux caractères, conformément à la feuille imprimée, attachée pour modèle sous le contre-scel des Présentes; que l'Impétrant se conformera en tout aux Réglemens de la Librairie, & notamment à celui du 10 Avril 1725. & qu'avant de les exposer en vente, les Manuscrits & imprimés qui auront servi de copie à l'impression & réimpression desdits Livres & Ouvrages, seront remis dans le même état où l'Approbation y aura été donnée, ès mains de notre très-cher & féal Chevalier Chancelier de France le Sieur de LAMOIGNON; & qu'il en sera ensuite remis deux Exemplaires de chacun dans notre Bibliothéque publique, un dans celle de notre Château du Louvre, un dans celle de notredit très-cher & féal Chevalier Chancelier de France le Sieur de LAMOIGNON, & un dans celle de notre très-cher & féal Chevalier Garde des Sceaux de France le Sieur de MACHAULT, Commandeur de nos Ordres; le tout à peine de nullité des Présentes: du contenu desquelles vous mandons & enjoignons de faire jouir ledit Exposant & ses ayans cause, pleinement & paisiblement, sans souffrir qu'il leur soit fait aucun trouble ou empêchement. Voulons que la copie des Présentes qui sera imprimée tout au long au commencement ou à la fin desdits Livres & Ouvrages, soit tenue pour duement signifiée & qu'aux copies collationnées par l'un de nos amés & féaux Conseillers Sécrétaires foi soit ajoûtée comme à l'original. Commandons au premier notre Huissier ou Sergent sur ce requis, de faire pour l'exécution d'icelles tous actes requis & nécessaires, sans demander autre permission, & nonobstant clameur de Haro, Charte Normande, & Lettres à ce contraires: Car tel est notre plaisir. DONNE' à Arnouville, le vingt-deuxiéme jour du mois d'Avril l'an de grace mil sept cens cinquante-cinq, & de notre Regne le quarantiéme. Par le Roi en son Conseil.

PERRIN.

*Registré sur le Registre XIII. de la Chambre Royale des Libraires & Imprimeurs de Paris, N°. 512. fol. 399. conformément aux anciens Réglemens, confirmés par celui du 28 Février 1723. A Paris le 25 Avril 1755.* DIDOT, Syndic.

---

De l'Imprimerie de SEBASTIEN JORRY.

# Airs choisis du Confident Heureux.

Opera Comique

ne pensés expliquer ces mots je craindrois de vous dé
plaire c'est sçavoir se taire fort mal à propos
2
A l'Amour tout est possible on se rend quand
Il lui plait il est doux d'être sensible pour un
jeune Amant qu'il est ouy je pense qu'à se
rendre on rencontre mille appas Ah ! S'il
cherchoit a me surprendre non, non non je
n'y consentirois pas mais s'il etoit sincere et ten
dre non, non, non, non je ne m'en deffendrois pas
3
Loin de l'objet aimé un cœur est al lar=

=mé tout ce qui n'est pas lui ne nous peint
que l'ennuy on cherche on tremble on
craint on reve on se plaint on cherche on
tremble, on craint, on rêve, on se plaint,
on désire, on soupire, quel martire A=
=mour combien tu fais payer tes bien
=faits Amour combien tu fais pay=
=er tes bien faits
4
Un bon Gaillard joyeux vaut bien
mieux qu tous ces ptits monsieurs qu n'par

lont qu'des yeux leur soupir, leur dou -
- cœur leur langueur suze avant qued'parve-
- nir au cœur. mais peste un vivant lesle
paroit zeste et sçait charmer qu'd'reste un
muguet preparé et pare n'plait pas tant qu'un
grivois bien carré Dam'ma maitresse aus-
- si m'a choisi al m'aime mieux que d'l'ar=
- gent c'est bien obligeant car avec d'l'or dit=
= on chaque jour bien des gens a =
= chetent d'l'amour

www.ingramcontent.com/pod-product-compliance
Ingram Content Group UK Ltd.
Pitfield, Milton Keynes, MK11 3LW, UK
UKHW022127260726
13993UKWH00003B/1277